EUGÈNE CARLOS

LA LUCRÈCE CRÉOLE

POÈME HISTORIQUE

PRIX : 75 CENTIMES

PARIS

LACROIX, LIBRAIRE-ÉDITEUR

15, BOULEVARD MONTMARTRE

1870

LA

LUCRÈCE CRÉOLE

EUGÈNE CARLOS

LA LUCRÈCE CRÉOLE

POÈME HISTORIQUE

PRIX : 75 CENTIMES

PARIS

LACROIX, LIBRAIRE-ÉDITEUR

15, BOULEVARD MONTMARTRE

1870

LA LUCRÈCE CRÉOLE

POÈME

I

Salut à mon pays, la terre hospitalière,
Port de tout exilé, planche du naufragé,
Toi dont la confiance, aux grands cœurs familière,
Admet, sans hésiter, et toujours sans congé,
Le mobile passant; qui, le traitant en frère,
Rompt avec lui le pain, l'abrite sous ton toit,
L'associe à ton sort, sans contrôle arbitraire
Et bannit le soupçon que la crainte conçoit!
Maurice, frais Éden, île trois fois conquise,
Tu m'apparais, sortant du liquide linceuil,
Comme ces oasis de la terre promise
Qui, vierges, surgissaient écartant tout écueil,
Étalant des forêts, des bois et des savanes!
Réponds!... Qu'est devenu l'esprit de tes enfants?
Cet esprit qui, frayant à travers les arcanes,
Riait avec les pleurs, puis, échos triomphants,

Grondait avec les flots, en cherchant sur le sable
La nacre qui s'attache aux bouquets du corail,
Et du vaisseau mouvant qui fait danser le câble
Du latanier touffu, riche porte-éventail,
Du bananier aqueux, aux larges feuilles vertes,
Du ruisseau cristallin, emportant les cailloux,
Composait un écrin !... J'aperçois, pics inertes
Où les nuages gris se donnent rendez-vous,
La montagne au front bleu !... L'indolente négresse,
Qui balance sa hanche et marche les pieds nus,
M'apparaît... Et tout parle à mon cœur, tout se dresse
Comme un spectre glacé... Mais, frais et soutenus,
Mes rêves d'autrefois se ravivent quand même
Pour caresser mon cœur !... O Maurice, je t'aime !...

II

Ile trois fois conquise et trois fois acclamée,
Ce fut Mascarénas qui, le premier, planta (1)
Le drapeau portugais sur ta terre animée
Où dorment les amants que Bernardin chanta.
Au joug du Hollandais, quand plus tard asservie,
On te jugea rivée... alors on aborda !
Disant : Nous te prenons, toi, que l'Europe envie.
Il nous manque un joyau ; donc, sur notre agenda,
Nous inscrivons ton nom !... Salut ! Ile de France !

(1) L'île Maurice fut découverte, vers le onzième siècle, par le Portugais Mascarénas ; ce navigateur donna à cette île le nom de *Cerné*.

En 1575, les Hollandais y plantèrent le drapeau de leur nation ; et l'île *Cerné* fût appelée *île Maurice*, en l'honneur du prince de Nassau, stathouder de Hollande.

En 1715, la Compagnie des Indes-Orientales, ayant trouvé le pays abandonné, s'y établit, et l'*île Maurice* devint l'*île de France*.

Ce n'est qu'en 1810 que cette colonie fut conquise par les Anglais, qui rétablirent l'ordre des prérogatives, et l'*île de France* redevint définitivement l'*île Maurice*.

Lors, tout s'épanouit dans la prospérité ;
On traça des sillons ; des greniers d'abondance
S'emplirent à l'envi, quand l'hospitalité
Ouvrit large son seuil, et du colon la case,
Sans contrôle, admettait prolétaire, étranger;
La case du colon, c'est du cœur le gymnase,
Et du nécessiteux c'est le garde-manger :
La table avec le lit, souvent même la bourse,
Si simplement offerts, étaient vite acceptés ;
On arrivait chagrin, sans amis, sans ressource,
Tous s'en allaient comblés, heureux, acclimatés!
Bien souvent, en partant, un élu, sur la rive
Laissait tomber son cœur, lorsqu'oubliant tout frein,
Ariane éplorée, on voyait la captive
Agiter son mouchoir, l'étreindre sur son sein !
Nature primitive, ô nature créole,
Qui toujours restes grande et franche en tes erreurs,
Qu'on te traite de faible, et d'ardente, et de folle,
J'accepte tout de toi, tout, jusqu'à tes fureurs!

Mais l'Anglais apparaît, arrogant trouble-fête,
Il fait invasion, il entre, il est vainqueur,
Non sans payer bien cher sa superbe conquête;
Mais l'Angleterre est riche, et l'Anglais est boxeur!
Rigide au règlement, toujours spoliatrice,
Albion est aussi fidèle à son comptoir.
Ainsi, l'Ile de France a nom Ile Maurice,
Et sur l'ancien principe on passe le grattoir!
Du commerce toujours, et partout, et quand même :
Les arbres sont coupés, car il faut du produit,
Plus de café, de riz, d'indigo, car Barême,
En posant son total, a mis son sauf-conduit!
C'est la canne qui prime, heureuse canne à sucre,
Elle a tout détrôné, les bois et les jardins;

Elle a le monopole enfin, et, pour tout lucre,
Nous avons des roseaux succédant aux rondins.
Pour s'anglomaniser, la fureur fut si grande
Que nos jeunes beautés, se voyant en faveur,
Des graines d'épinard firent la propagande,
Dédaignant, haut le front, l'enivrante saveur
Qu'offre un amour créole ; aussi, plus d'un déserte,
On enlève la tente, on brise tous liens ;
Les pieds ne tenant plus au sol, on est alerte,
Et l'on laisse aux Anglais privilèges et biens !

III

C'était en ce bon temps de croyance sincère
Dont j'ai déjà parlé, c'était en mil huit cent,
Après La Bourdonnais ! En ces jours, la misère
Pour le colon paisible était un accident ;
Tout respirait aisance, et sève, et poésie ;
On vivait largement sans trop payer d'impôts ;
Les hommes se piquaient de haute courtoisie,
Les cœurs se comprenaient !... Ni trames ni complots
Ne venaient assombrir ces natures honnêtes ;
On s'estimait l'un l'autre, on s'aidait quelquefois ;
On ne rêvait ni droits, ni luxe, ni conquêtes ;
Entre voisins, famille, on s'amusait parfois ;
Pauvres, riches, frayaient, c'était un doux échange
D'aimables procédés... Le dimanche, souvent,
On s'en allait nombreux, vieille et jeune phalange,
Désertant le logis, fermant le contrevent,
Au grand jardin du Roy ; chacun dans sa corbeille
Apportait son menu, dont nul n'était jaloux ;
Tout était en commun ; c'était une merveille !
Pour se désaltérer coulait sous les bambous

Une eau fraîche et limpide, et douce, et parfumée
Par la fleur du Champac et du Magniola
Qui, se mirant, penchaient leur corolle embaumée,
Semblant dire au ruisseau : Regarde : je suis là !...
Sur les grands Jamrosas les rouges amourettes
Grimpaient pour s'enlacer en flexibles cerceaux,
Puis retombaient bien bas, légères et follettes,
Pour remonter encore et former des berceaux !
Pingouins et bengalis, calfats, serins, perruches,
Gazouillaient, pépioutaient en aiguisant leur bec,
Tandis qu'en de vieux troncs, le miel ambré des ruches
Exhalait son parfum ; sur le cotonnier sec,
L'oiseau rouge arrachait de la gousse entr'ouverte
De quoi tisser son nid... Près du maître couché,
Le chien le contemplait, quitte à donner l'alerte ;
Patient mais à jeun, par l'odeur alléché,
Attendait l'os promis comme un prix de sagesse ;
L'œil sur l'œil du colon, tranquille, sans bouger,
Tayo n'ose montrer un instant de faiblesse,
Et, muet comme un terme, il regarde manger !
Les petits négrillons, plus vifs que sauterelles,
Gambadaient, gaminaient, et, gracieux détail,
Pour le beau sexe ouvraient de soyeuses ombrelles
Ou bien faisaient mouvoir le léger éventail.
L'air factice, agitant la blanche mousseline,
Dénonçait des trésors aux regards indiscrets ;
Du pied on atteignait à la jambe bien fine ;
Sous ces fuyants atours s'échappaient des secrets !

IV

Changeant d'itinéraire et non de personnages,
La bande quelquefois allait en char-à-bancs

Tenter d'autres plaisirs sur de charmants rivages;
On se levait matin, chansons et rires francs
Signalaient le départ!... En route, en route, en route!
Et les chemins bordés de géants cocotiers,
Les grands tamariniers s'arrondissant en voûte,
Les manguiers, les letchis, les bruns cacaotiers,
On traversait cela. Dressant tout droit l'oreille,
Les mules s'excitaient en mordant le grelot;
Leur ardeur juvénile, à nulle autre pareille,
N'avait besoin du fouet pour aider leur galop!
On arrivait joyeux; la lascive nature
Frémissait de bonheur aux baisers du soleil;
L'air avait des parfums; ainsi qu'une ceinture
Le rivage entourait la mer, miroir vermeil
Reflétant des flots d'or! Les noirs marsouins, par bandes,
Sortaient de leur museau des jets tout ruisselants,
Et les poissons-volants dansaient des sarabandes,
Ayant pour vis-à-vis mouettes et goëlands
Qui balançaient l'écume en mobiles guirlandes!
Que faisait-on alors? Quelques-uns se baignaient;
Les femmes près du bord, et plus au loin les hommes,
Qui de se dévêtir un moment ne daignaient,
Debout sur les rochers, s'agitaient, blancs fantômes,
Comme des naufragés jetés sur un îlot.
D'autres, rudes nageurs, luttaient contre le flot.
On lançait le filet, qui craquait sous la charge
Des poissons argentés sautant à tout casser,
Après choix, le fretin toujours prenait le large!
Non loin du sable gris, on s'en allait dresser
Contre rocs et taillis la cuisine factice;
Le sarment pétillait... Vite maint marmiton
Préparait la friture, occasion propice,
Et qui, pour l'engloutir, rencontrait maint glouton,
Tant, au sortir du bain, on se sentait vorace;
Si bien que le poisson était insuffisant;

Le poisson argenté n'était que la préface;
A l'estomac ouvert rien n'est jamais pesant.
On sortait des paniers, daube, jambon, volaille,
Pain de munition, manioc, mangue, ananas,
Aux vivres, sans façon, les dents livraient bataille,
Et le vin de Médoc arrosait le repas !...
Puis, venait le café, le nectar du créole :
Sans café, le créole est malade, endormi ;
C'est le café qui rend son humeur tendre et folle :
Sans café, le créole est créole à demi!
Salut donc au café! Rhum de la Jamaïque,
Qui ranimes les sens, aussi salut à toi!
Que faisait-on après cette mise en pratique?
Se reposer à l'ombre où chacun fait son toit;
L'un sous les mangliers, l'autre étend sur sa tête
Un châle que supporte un vert tatamaka;
Le vaste parasol figure une chambrette
Où dorment les bébés! Un splendide panka (1)
Trésor du latanier, sert à chasser les mouches;
La nénène (2) s'assied, surveillant le sommeil;
De ses anges rosés, voyant plisser les bouches,
Chantonne doucement, crainte d'un prompt réveil!
Mais, après le repos, quand le soleil plus pâle
Derrière la montagne incline son flambeau,
On devine Phébé! Sa veilleuse d'opale
Éclaire chastement le magique tableau!
C'est alors que, domptant la léthargique ivresse,
Du doux farniente chacun fait bon marché;
On étire à loisir ses bras et sa paresse,
Et, d'un bond, sur la grève on se trouve perché!
Mais, avant de quitter et pendant qu'on attelle,
Pour former une ronde, on se prend par la main.

(1) Panka, grand éventail fait avec les feuilles du latanier.
(2) Nénène, gardienne d'enfants.

L'entrain est général; donc, à la ritournelle,
Tout le monde s'embrasse et se dit : A demain!

V

Ce fut dans ce milieu, vierge de zizanie,
Parmi cette tribu de sincères croyants,
Que Maurice connut la douce Virginie!
Ses longs cheveux d'ébène, aux reflets chatoyants,
De l'àile du corbeau retraçant le mirage,
Ornaient un front plus blanc qu'un marbre de Paros.
Quand son œil de saphir, en un muet langage,
Se voilait sous ses cils humides, demi-clos,
On devinait l'amour! Sa taille si flexible
Ondulait! Et son pied, son petit pied d'enfant,
Dans le soulier mutin accusait fort la race.
Et l'on voyait sortir sous le tulle bouffant
Une main non moins fine et des ongles tout roses;
Avec cela du cœur, des talents, de l'esprit,
Tout ce qui peut séduire, et puis, bien d'autres choses
Qui font rêver tout bas, que tout bas on inscrit...
Quinze ans, une âme vierge, une humeur franche et folle,
Telle était Virginie, avant d'avoir connu
Maurice, son vainqueur, son idéal, l'idole,
Le rêve de sa vie en l'Éden inconnu!
Quand le timbre argentin de sa voix sympathique
Vibrait comme un écho de son être, on croyait
Entendre résonner une douce musique,
Séraphique concert! Souvent on la voyait,
Providence du pauvre, à son rôle fidèle,
Apporter son tribut, furtive en son essor;
La regardant passer, on disait : Qu'elle est belle!
Qui la connaissait mieux pensait : C'est un cœur d'or!

Maurice avait vingt ans ! Il était blond et tendre,
Mais devenait parfois fougueux, impatient,
Quand on le contraignait! Il ne pouvait comprendre
Qu'on aimât à demi ; candide, confiant,
Il voyait l'avenir dans un horizon rose,
Supposant que l'amour peut tenir lieu de tout ;
Sans songer que l'argent comme un tyran s'impose,
Sans pitié pour l'amour, et toujours, et partout;
Que l'honneur, sans argent, peut trouver porte close!
Or Maurice était pauvre, et Virginie aussi ;
Malgré tout ils s'aimaient ! Le créole aime ainsi !

—

Mais pendant que l'espoir semblait dicter les pages
Du roman inédit de ces jeunes amants,
Le destin y traçait de sinistres ambages,
Sans pitié pour leur âge et leurs tendres serments !
Terrible, un ouragan détruisit la récolte
Qui devait faire face à la dette d'honneur.
Dans l'habitation éclata la révolte ;
La ruine arrivait écrasante !... O douleur !
Virginie et son père, en pleurant, acceptèrent
L'un, l'aide d'un ami, l'autre, sa main, son nom ;
Devant ce rude coup, leurs élans se cabrèrent...
Mais la raison parla... le cœur ne dit pas non !
Et tout fut consommé!... Plus de riant poème,
Plus de songes brûlants, et de Maurice, plus...
Si le rôle changea, le cœur resta le même,
Et ne bannit pas moins les regrets superflus.
Désormais, le devoir devait régler sa vie,
Et la reconnaissance, en imposant son sceau,
Grandit son lendemain, sans la rendre asservie
Au tyrannique joug d'un maître ex-professo !
La créole prouva qu'ainsi toute âme ardente
Sait dompter sa nature, et que, par les bienfaits,
Guidé par une main bonne, sage, prudente,

On peut atteindre au port, sans remords ni méfaits !

—

Celui qui remplaçait l'idéal de son rêve,
Celui qui l'enlevait à ses illusions,
Qui, froid, mettait un frein à la bouillante sève,
Débordant de ce sein, riche d'effusions,
N'était point un blondin ardent et poétique ;
C'était un sage esprit, mûri par la raison,
Un caractère grand, généreux, mais pratique,
Sûr de sauvegarder l'honneur de la maison ;
Ses cheveux grisonnants disaient à quelle école
Il avait, en luttant, vu se plisser son front...
On pouvait, en tous points, compter sur sa parole ;
Pour soulager son frère il était toujours prompt !
Et Virginie était honorée, enviée ;
On citait ses vertus ; le monde l'acclamait !
Au salon, au foyer, sans cesse conviée,
Tout était un triomphe !... Et lui le proclamait :
« Oui, disait-il souvent, Virginie est mon âme !
« Qu'ai-je donc fait, mon Dieu, pour mériter ce bien ? »
Elle, oubliant parfois qu'elle était belle et femme,
Répondait : « Rien pour moi ne vaut ce doux lien ! »
Et les jours s'écoulaient fructueux et rapides...
On ne parlait jamais de Maurice !... A son tour,
Maurice maudissait les principes rigides
Qui de la tendre amante avaient, cruel retour,
Fait une épouse calme et froide en apparence...
Maurice bondissait — Quand il se souvenait...!
Pour lui, le souvenir tenait lieu d'espérance ;
Au grand jardin du Roy quelquefois il venait,
Pensant la rencontrer... Errant ainsi qu'une ombre,
Maurice interrogeait la fleur et l'arbrisseau,
Ces témoins palpitants du bonheur passé ; sombre,
Il s'en allait, courbé, s'asseoir près du ruisseau !
Et sa douleur disait : « Réponds-moi, viendra-t-elle ?

O toi qui reflétais sa suave beauté,
Eau mobile et trompeuse, ainsi que l'infidèle,
Tu fuis vers d'autres bords!... Les ardeurs de l'été
Ne peuvent rien sur toi!... Verrai-je la cruelle
Devançant les beaux jours, de ses pieds si petits,
Pour arriver plus tôt, fouler herbe et fougère?
Qu'êtes-vous devenus, glaïeuls, volubilis,
Qui pariez son chapeau de paille, à la bergère?
Éclatez, mes sanglots! je souffre, je suis fou!...
J'ai retrouvé son nom sur un manguier... O peine!
Oui, je voudrais mourir!... Que dois-je tenter?... Où
Porterai-je mes pas?... Cet homme, il a ma haine!...
C'est lui qui me l'enlève!... Ah! pardon!... O mon Dieu
Si je blasphème!... Eh quoi! cet homme a mon estime,
Il est le bienfaiteur de Virginie!... Adieu!...
A moi le châtiment!... Seul, j'ai commis le crime!... »

VI

Je l'ai pensé toujours, il existe un aimant
Qui va de l'être à l'être, appelant le fluide,
Magnétisme muet qui, pour un cœur d'amant,
N'est jamais un mystère; il va, comblant le vide,
Substituer l'image, et, fluctuation,
Il produit un écho qu'un autre écho répète,
Comme un frémissement: c'est la vibration!
Dans le miroir de l'âme, une autre âme reflète
La pensée!... Et l'on aime, et l'on vit doublement!
Mais il existe aussi pour conjurer l'absence
Certain fil conducteur, subtil échappement,
Qui va comme une chaîne au giron d'espérance,
Dérouler ses anneaux, pour la fixer au cœur,

Et soudain le surprend comme un esprit frappeur.
Pour attirer notre âme, elle agite et secoue
Les magiques anneaux !... En proie à son émoi,
Une autre âme isolée à cet appel se cloue
A cette ancre d'amour qui figure la foi !
Elle dit : Me voici : je viens... j'ai pris des ailes
Pour m'envoler vers toi !... Ne sens-tu pas dans l'air
Le parfum exhalé par nos âmes jumelles
Lorsque avec volupté nous savourions l'éther ?
De cette attraction qui pourrait se défendre ?
Connaît-on un pouvoir assez grand, assez fort
Pour conjurer l'aimant ?... Si l'on sait se comprendre
Et si le souvenir met deux êtres d'accord,
Qui peut les séparer ?... Rien !... Pas même la mort !

—

Quand le printemps renaît, la nature en goguette,
De parfums enivrée, acclame le retour
Du renouveau ! Chassant le sommeil, la coquette
Façonne et regarnit son élégant pourtour ;
Elle ouvre à deux battants son large portefeuille
D'où sortent à l'envi bourgeon, fleur, papillon.
Dans ce chassé-croisé que l'univers accueille,
L'âme a pris son pinceau trempé de vermillon !
Palpitante, expansive, elle acclame la vie,
Et, selon sa chimère, elle suit son penchant ;
Point de lutte stérile, à l'amour asservie,
L'âme prend son essor et compose son chant !
Il est large, il est plein, il est couleur de rose,
Au rite d'espérance elle adapte l'accord,
Allant du vif au tendre en sa métamorphose :
Le cœur alors vaincu cherche en vain un renfort ;
Semblable au papillon qui sur la fleur se pose,
Le cœur, s'il est bercé, sur le présent s'endort !

—

Or, Maurice avait pris cet adage à la lettre,

Ce jour-là, quinze mai, Maurice s'était dit :
« Allons au grand jardin, je la verrai peut-être,
« A mon ressentiment je veux mettre un répit.
« Je veux tout pardonner, et j'en suis bien le maître.
« Je le veux ! oui, je veux, oubliant le passé,
« L'aimer comme une sœur, ce n'est pas impossible.
« Pour tenir ma parole apaisons mes transports ;
« Soyons calme, prudent, s'il le faut, insensible ;
« Un mot de Virginie, un seul mot, un regard,
« Et je m'en vais comblé !... Que seulement je sache
« Qu'elle ne me hait point !... Plus tard si le hasard...
« Mais... le hasard me sert !... Elle est là !... Je me cache
« Pour mieux la contempler ; belle comme toujours !
« O ma sage raison, venez à mon secours !... »

—

Assise sur un banc tout tapissé de mousse,
Virginie était là qui rêvait à loisir,
Tourmentant, éventrant la longue et brune gousse
De vanille, et son pied s'agitait à plaisir !...
Sur son col découvert la rouge coccinelle,
Une bête à bon Dieu, bien bas vint se poser
Comme un grain de corail sur l'albâtre : était-elle
Complice, la pauvrette ?... On peut tout supposer ;
Le fait est que l'insecte, heureux plutôt que sage,
Gaîment se promenait de l'épaule au corsage,
Et descendit bientôt... Mais, aïe !... un petit cri
Suivit la main qui, leste, enleva l'indiscrète.
Ce fut comme un signal !... Un timbre favori
Y répondit bientôt !... Ce ne fut pas la bête
Qu'on entendit, ce fut... Qui donc ?... Eh ! le blondin
Maurice, qui guettait le tableau !... Quelle fête !
Le hasard le servait... le hasard mettait fin
A ses tourments !... Aussi, dépeindre son ivresse,
Ses transports insensés, répéter ce qu'il dit,
Est chose difficile !... Elle, émue, en détresse,

Voulut fuir... mais en vain; il pleura, ce qui fit
Qu'assise elle resta, confuse en sa faiblesse;
Abandonnant sa main, elle mit l'autre main
Tremblante sur ses yeux pour voiler sa défaite,
Maudissant l'incident et détournant la tête,
Invoquant, la pauvrette, un secours surhumain.
Mais Maurice éclata comme éclate un orage !

« D'une faute innocente est-ce assez me punir ?
« Je n'ai plus rien, dit-il, rien que le souvenir,
« Pour alléger ma peine et combler mon veuvage;
« Mes nuits sont sans sommeil, ma vie est un nuage
« Qui plane sur ma tête et toujours s'assombrit
« Comme un linceul de mort ! Oui, je suis las de vivre,
« Car pour moi l'existence est celle d'un proscrit.
« Du pauvre condamné fais cesser l'agonie,
« Regarde ce poignard !... Dis un mot, et mon sang
« Jaillira sur ta robe !... Ah ! réponds !... Virginie,
« Tu ne le voudrais pas ?... Tu pâlis ?... A l'instant,
« Ta main se précipite et, saisissant mon arme,
« Elle arrête ma main !... Laisse-moi cette main !
« Laisse-moi recueillir sur ma lèvre une larme
« Qui, tendresse ou remords, m'accorde un lendemain ! »
Et Maurice, à genoux, haletant, en délire,
Entourait de ses bras sa taille et ses cheveux,
Tandis que son amante, éperdue et martyre,
Repoussait son baiser en évitant ses yeux.

. . . .

Tout à coup, se dressant, vertueuse et superbe :
« Si, dit-elle, Maurice a pour moi tant d'amour,
« Il me respectera ! Quoi ! veut-il que je perde
« L'estime de moi-même ?... Et veut-il, à son tour,
« Payer par un forfait tout ce qu'il doit à l'homme
« Qui, grand et généreux, fut mon libérateur
« Et repose sur moi sa gloire ? Voilà comme

« J'acquitterais ma dette envers mon bienfaiteur?
« Non ! je ne dois jamais à ce point être ingrate,
« Maurice, c'est assez !... Respectons le devoir.
« Dans un monde meilleur nous pourrons nous revoir,
« Si tu t'en montres digne. Oh ! fuis en toute hâte,
« De rester près de toi n'est plus en mon pouvoir.
« Fuis ! On vient... » Et des pieds faisaient craquer des brousses,
On entendait des voix ; les enfants chantonnaient,
Tout en se disputant les grosses pamplemousses ;
Et des couples joyeux passaient et fredonnaient,
Regardant les oiseaux, ou la mouche maçonne
Qui butine au ruisseau le limon pour son nid,
Près la liane d'argent qui reluit et festonne,
Sur le colimaçon sommeillant dans son lit !

—

Furtifs, séparément, les amants s'échappèrent,
L'un pour mieux savourer sa douce émotion,
L'autre, pour regagner la case ! Ils soupirèrent,
Chacun différemment ! La résignation
Aussitôt s'incarna dans la femme modèle
Qui, sincère, jura que, partout désormais,
Elle ne sortirait sans son guide fidèle !
Alors elle essaya d'appeler l'oubli, mais
Elle ne jura pas de détester Maurice ;
Pouvait-elle haïr ce qu'elle avait aimé?
Dieu lui demandait-il un si grand sacrifice?
Dieu qui lit dans les cœurs n'a jamais opprimé
Sa créature. Dieu ne veut point l'impossible ;
Si Dieu nous donne un cœur, c'est pour nous en servir,
Pour bénir ses bienfaits et nous rendre accessible
Aux faiblesses d'autrui !... Quoi ! pourrait-on gravir
Le sentier de la vie, esseulée et captive,
Sans un autre soi-même? Et comment saurions-nous
Franchir le grand détroit qui conduit à la rive
Où les tribus d'élus se donnent rendez-vous?

Elle pensait ainsi... l'autre pensait de même;
Un tendre télégramme inscrivit cet arrêt :
« Dans l'univers de Dieu, tout s'accorde, tout s'aime :
« Bienheureux les amants qui signent ce décret ! »

VII

D'un odieux passé dois-je effacer les pages?
Faut-il briser ma plume, arrêter mon pinceau?
Culte du sol natal, devant la loi des sages,
Devant la vérité, puis-je écrire au verso?
Mais oui, je le ferai, je veux dire, ô souffrance!
Comment dans mon pays, cette oasis d'amour,
Sous le règne du fouet, infernale observance,
On torturait le nègre, et la nuit et le jour!
En ce siècle maudit, les noirs, pauvres esclaves,
Comme de vils troupeaux étaient considérés;
Et le blanc osait tout!... Punir, charger d'entraves,
Exiler, condamner (le crime a ses degrés),
Séparer les enfants de leur mère, la femme
De son mari; pour eux le foyer n'existait;
On allait bien plus loin, on niait juqu'à l'âme;
Si le noir raisonnait, alors on le fouettait,
Du matin jusqu'au soir, c'était une corvée;
C'était l'âpre travail, à la pluie, au soleil;
C'était le jeûne aussi!... Jamais tête levée,
La pioche à la main, un labeur sans pareil,
Sous la crainte du fouet qui sifflait sur la tête;
Hommes, femmes, enfants, tous, sans exception,
Étaient soumis au joug, comme on fait pour la bête :
Même sort, mêmes coups, même condition!
Les plus récalcitrants étaient chargés de chaînes,

Ou tournait, sans répit, une roue à manioc;
On devait les mâter par ces rudes rengaînes
Afin de les conduire au repentir... Le bloc
Complétait la mesure; aussi, souvent le crime,
Sans redouter la mort, qui toujours le suivait,
Le crime était compté comme un droit légitime;
A défaut d'attentat, quelquefois on buvait,
Le poison; on disait : C'est assez de la vie,
S'il est un Dieu là-haut, ce Dieu nous absoudra!
Il sera moins cruel qu'un maître, et, s'il convie
Les maîtres à son ciel, oui, ce Dieu leur rendra
Ce qu'ils nous font souffrir d'outrages, de martyre;
Nous verrons leur supplice, et nous serons contents;
Jusqu'au dernier soupir, nous saurons les maudire,
La haine dit au maître : A bientôt, je t'attends!

—

Ainsi, pour eux, la mort, c'était la délivrance,
Exilés de leur sol, privés de tous liens,
Que leur faisait la terre? Avaient-ils l'espérance
De jamais posséder femmes, familles, biens?
L'existence, c'était l'exil et la misère!
On comptait parmi tous bon nombre d'immigrants;
Ils arrivaient de l'Inde ou de la grande terre,
Malgache, Cafre, Indien, sans compter les brigands
Qu'on pouvait capturer, car, du temps de la traite,
Tout était du trafic. Les bénins habitants
N'y voyaient aucun mal; vivant dans leur retraite,
Jamais ils ne rêvaient ni race ni vertu;
Un nègre était un nègre!... On voyait à l'ouvrage
Ce qu'il pouvait valoir, s'il n'était pas têtu.
Puis on avait encore au bout, l'apprentissage,
Le chab'ouck' (1) instructeur; enfin, toujours est-il
Que les races formaient d'étranges mosaïques;

(1) Chab'ouck', fouet ou martinet à plusieurs branches.

On ne s'arrêtait pas à ce détail puéril!
Accouplement d'un jour, attractions physiques,
Que leur faisait le reste, après tout?... Et voilà
Comment on gouvernait, et la philanthropie
Était très peu de mode à cette époque-là!...
Et l'on s'enrichissait!.. Quant aux mœurs, utopie!...
Les mœurs étaient aux blancs! Eux seuls avaient le droit
De s'aimer, de s'unir, d'élever leur famille,
D'avoir un avenir, un horizon, un toit;
Au livre du destin d'ajouter l'apostille,
Enfin, de vivre heureux, comme faire se doit!...

—

Si nous avons maudit l'orgueilleuse Angleterre,
Quand elle prit Maurice, il faut lui rendre aussi
Justice pour son grand et noble caractère.
Si l'Angleterre prend, son penchant, le voici :
C'est de rétribuer, sans marché ni contrôle.
Quand l'Angleterre a dit, on peut compter toujours
Sur ses nombreux dollars comme sur sa parole.
L'esprit national, chez elle, est sans détours,
Quiconque dépend d'elle a droit à son obole!
Nous eûmes, les premiers, l'émancipation
De notre colonie, et tandis que la France,
Plus lente, retardait son approbation
Pour ses propriétés; ainsi la délivrance
S'achemina *piano* vers son île Bourbon;
Quand sur la liberté l'on planta le guidon,
La France fut aussi moins large. A l'Angleterre,
Justice donc! Honneur à son grand caractère!...

—

Pourtant, il faut le dire, au milieu des forfaits,
Et, malgré ces horreurs que nous venons d'écrire,
Dans notre île on comptait des cœurs prêts aux bienfaits;
On gémissait tout bas, lorsqu'il fallait souscrire
A des actes cruels; mais le sot préjugé
Toujours donnait raison à la règle commune.

L'habitant débonnaire était un insurgé
Aux yeux de l'homme-tigre altéré de rancune ;
Il fallait ménager l'intérêt général,
A ce compte, chacun marchait à l'aventure...
Et toujours l'on fouettait pour conjurer le mal.
Contre les révoltés, contre la créature,
Il fallait le bâton, ainsi qu'à l'animal.

—

L'époux de Virginie était plutôt un père
Qu'un maître; or, dans sa case étant en sûreté,
Il dormait, sans soucis ; bien qu'étant fort austère
A l'endroit du travail, très souvent sa bonté,
Quand venait implorer la douce Virginie
Pour un coupable esclave, atténuait l'arrêt;
C'était leur ange à tous, c'était leur bon génie !
D'une mère défunte, intéressant portrait,
Cette mère, en mourant, laissa comme héritage
A sa fille chérie, à Virginie enfin,
Une mère adoptive et qui, dès son jeune âge,
L'ayant su diriger, devait, tendre larcin,
Rester pour cette enfant une mère nénène ;
Maziza l'aimait tant, bien plus, l'idolâtrait !
Elle l'idolâtrait de cet amour d'hyène
Qui, sauvage, jaloux, abnégatif, ferait
Justice de soi-même ! A dix ans, enlevée
De son pays natal, l'île Madagascar,
Au milieu de nos blancs, se trouvait isolée ;
Maziza fut vendue à l'encan, au hangar
De l'odieux marché. Vingt fois, changeant de maître,
Elle maudit son sort, car pour elle, ce sort
Semblait impitoyable ! Après une querelle,
Un jour, elle passa, plus pâle que la mort,
Avec le commandeur qui devait, sur l'échelle,
L'attacher pour la battre : et quel était son tort ?
Elle avait, succombant au sommeil, oui, l'infâme,

Elle avait... Mais quoi donc?... Peu de chose : à l'appel,
La pauvre avait manqué... Voilà tout le programme.
Alors on aperçut, élan bien naturel,
Une femme criant : grâce, ah ! faites-lui grâce !...
Et comme le vieux blanc disait non, de la main :
« Je l'achète, » fit-elle; elle la prend, et passe !...
Tandis que le vieux blanc, par le même chemin,
Court chercher son argent. La femme était enceinte,
Ce qui fit que le blanc ne lui refusa pas.
La superstition seule agissait, la crainte
D'un malheur imprévu lui fit hâter le pas.
Voilà pourtant comment Maziza fut nénène
De Virginie et sur cette enfant concentra
Son amour, car c'était son univers ; sa haine
Pour les blancs s'éteignit, et Maziza jura
D'adopter Virginie à jamais. La fillette
Lui rendait sa tendresse; elle lui disait tout,
Peine, joie et chagrin, et quand son amourette,
Enfantine d'abord, eut mis son cœur à bout,
Aidée, encouragée, elle vit dans Maurice
Le mari que rêvait ce cœur plein de candeur,
Et Maziza lui fit l'occasion propice,
Se délectant à voir la juvénile ardeur
De l'amoureux blondin qui, sincère en sa flamme,
Promettait le bonheur sans entrave, sans fin !
Quand il parlait d'amour, on eût dit que son âme
Exhalait un parfum ; sa voix de séraphin
Pénétrait... On voyait dans ses regards l'extase
D'un élu, c'est pourquoi Maziza le croyait
Un envoyé de Dieu, c'est pourquoi dans la case
Elle accueillait Maurice, et peut-être voyait
L'amante convaincue et sans faiblesse aucune.
Cet innocent roman dura deux ans au moins.
Quand le sort rigoureux vint mette une lacune
Entre ce beau présent et l'avenir; des points

Durent marquer le vide, annulant la préface.
Que faire?... Se cabrer contre le sort? Peut-on
Tout seul se révolter?... A la brise qui passe,
Au nuage, à l'oiseau s'adresser?... Comme un taon
Peut-on persécuter celle qui fut rebelle
Par devoir, par vertu?... Non, non, Maurice, hélas!
Eut recours, comme avant, à son guide fidèle.
Donc, il alla trouver Maziza, qui n'eut pas
Le courage cruel de le blâmer, quand, triste,
Elle écouta sa plainte et que Maurice dit:
Qu'au grand jardin du Roy, sous l'ombre d'un palmiste,
Tous les deux, enlacés, avaient bien haut maudit
Le joug qui les faisait étrangers l'un à l'autre!...
Ils s'étaient, là, juré de se chérir toujours!...
L'inspiré parla bien et fit si bien l'apôtre
Que la vieille nénène, après ce beau discours,
Promit tout... « Écoutez, lui dit-elle, le maître
« Doit s'absenter demain, je serai seule ici
« Pour garder la maison; tout près de la fenêtre,
« Là-bas, sous la varangue, où je vais être aussi,
« Vous vous rendrez!... Surtout, n'en parlez à personne.
« C'est entendu, demain, sans faute, après minuit,
« Là; si le chien aboie ou si le gardien sonne,
« Pas un mot, pas un pas... Je serai là la nuit. »

VIII

Silence, il est minuit, tout se tait, tout sommeille,
Le nègre sur la paille et le blanc dans son lit,
La lune, par moments, se voile et se réveille
Sous les nuages gris, et l'insecte frémit
Au contact de la brise, et, la tête sous l'aile,

L'oiseau perché dans l'arbre attend le chant du coq
Pour prendre son essor. Ronflot, gardien fidèle,
Près du veilleur de nuit, appuyé sur un roc,
Luttant bien fort tous deux contre un sommeil factice,
Las, se sont endormis! Maziza ne dort point,
Elle est sous la varangue; en attendant Maurice,
Son œil fauve s'allume et se fixe au rond-point;
Croyant l'apercevoir. L'amant paraît, se cache
Au moindre bruit que font les feuilles en tombant;
Mais, voyant sa lenteur, la négresse se fâche,
N'y pouvant rien comprendre, et, son cœur succombant
Sous le poids torturant de son impatience,
Elle court, prend la main du peureux, qui s'élance
Suivant son guide, ému, palpitant, oppressé.
Dans sa course rapide, en passant, il écrase
Buissons ardents, ricin, myrte, rhododendron!
Rendu sous la varangue, il regarde la case,
Puis, s'assied pour calmer ses sens, mais son dragon
L'aiguillonne et lui dit : « Va! profite de l'heure,
« Elle passera vite, au gré de ton amour.
« Soyez heureux tous deux!... Ta part, c'est la meilleure,
« Libre de tous liens; le remords sera pour
« Elle, quand viendra du maître le retour! »

—

Caché sous les rideaux de blanche mousseline,
Le corps de Virginie est dessiné si bien
Qu'on voyait doucement palpiter sa poitrine,
Qui, de sa riche sève exhalait le trop-plein;
Son beau bras contourné reposait sur sa tête,
Ses noirs cheveux épars, caressant le coussin,
Encadraient son visage, et sa lèvre muette
A demi soulevée, appelait le larcin.
Et pourtant, son sommeil était si pur, si calme,
Et pourtant, sa candeur parlait tant au respect,
Que Maurice, un instant, chancela! Mais la flamme

Qui dévorait ses sens l'envahit, à l'aspect
De cet ange endormi sous les traits de la femme,
Du tableau séducteur qu'éclairait faiblement
La veilleuse d'opale ; elle jetait dans l'ombre,
Vaporeuse lueur au prestige émouvant,
Un fragment de ciel bleu qui, perçant la pénombre,
Allait se refléter dans la glace et semblait
Arriver de là-haut, car ce rayon tremblait.
Et quand Maurice vit ce trésor, sa promise,
Maurice oublia tout, tout, jusqu'à son serment.
Procédant par audace autant que par surprise,
Il ne demanda pas, il prit, le traître amant !!!

—

Ma muse, voilez-vous, décrivez chastement
Comment, si peu coupable et sans être complice,
Trompée en son sommeil par ce fougueux amant,
Virginie endormie eut dans ses bras Maurice.
Appeler au secours, chasser l'audacieux,
Lui reprocher tout haut son rôle astucieux,
Non, non, rien de pareil ne vint à sa pensée,
Son bonheur fut muet; éperdue, insensée,
Elle dit : « C'est affreux, ô Maurice, va-t'en ! »
Lui, ne voulant partir, sollicitait sa grâce,
Quand, sous la mousseline, il vit un spectre blanc
Qui, du lit conjugal reflétait dans la glace
Un visage blémi, pâle comme la mort...
Puis, Maurice entendit la même voix vibrante
Qui lui criait : « Va-t'en !... » Maurice alors eut tort
De toujours supplier, car il vit son amante
Après ce cri d'effroi, se sauver, les pieds nus,
Puis soudain disparaître ; alors, tremblant, Maurice
S'en alla lentement ; des remords inconnus
D'ordinaire aux vainqueurs, le mettaient au supplice.
Se repentant trop tard, il pleura, mais trop tard...
Tout fut perdu pour lui, tout fut fini pour elle;

Virginie, aussitôt, alla vers le placard,
Se saisit d'un poison ; à son serment fidèle
De respecter l'honneur jusqu'au dernier soupir,
Quel que fût son amour, résolut de mourir !...
Et d'ailleurs, pourrait-elle à jamais se contraindre
Devant son juge, et plus, devant son bienfaiteur?
Devait-elle accuser son amant ou le plaindre ;
Le condamner?... L'amour est-il un délateur?...
Le cœur s'insurgerait, s'il dévoilait la trame
Qui d'un autre coupable amènerait l'arrêt.
La femme prit la plume, essuyant une larme
Qui, brûlante, perlait... et traça ce décret :
« Époux si généreux que j'honore et que j'aime,
« Pardonnez au forfait que je tente aujourd'hui ;
« L'épouse profanée, en ce moment suprême,
« Au pied du crucifix, ose prier celui
« Qui pardonna jadis à la femme adultère.
« Pour aller l'implorer, je dois quitter la terre;
« Or, sans consentement, malgré moi, j'ai failli;
« Mais coupable je suis, car ma couche est souillée,
« Votre nom entaché, mon présent avili ;
« Ma pudeur, en tombant, aujourd'hui s'est voilée,
« J'ai honte... et ne veux point rougir devant vos yeux;
« Adieu ! pardonnez-lui !... Vous êtes grand et juste,
« Vous le devez, devant mes sincères aveux ;
« J'en appelle à ce cœur aussi clément qu'auguste;
« Adieu !... Je vous bénis !... Pleurez sur mon cercueil. »

—

Le flacon fut vidé, la liqueur infernale
Pénétra dans le corps; alors, pour tout linceul,
L'épouse, choisissant la robe virginale
Qui parait ses seize ans, le jour de son hymen,
Posa sur ses cheveux cette même couronne
Qui, sur ce front si pur, figurait le lien
Dont l'époux était fier ; la sublime madone,

L'ange du repentir, de la douleur, après,
Calme, attendit la mort; cependant l'agonie
Qui devait mettre un terme à cette belle vie,
Arrivait lentement, et, comme un fait exprès,
Inquiet, le mari devança sa promesse;
Il hâte son retour, il pénètre aussitôt
Dans l'asile de paix; il accourt, il s'empresse,
Il s'approche du lit pour voir... Mais un sanglot
Qui s'échappait, affreux, comme un cri de détresse,
Le hoquet de la mort comme un glas répondit:
L'époux de s'arrêter hésitant, interdit;
Il regarde la fiole, il regarde l'écrit,
Il devine !... « Oh! malheur !... Qu'as-tu fait, Virginie!
« Te punir?... De quel crime?... Et l'as-tu mérité,
« Ce châtiment?... C'est moi, moi seul, mauvais génie,
« Moi qui vins te ravir, dans ma témérité,
« Cette oasis d'amour que rêvait ta jeunesse!...
« Mes cheveux grisonnants près de tes noirs cheveux,
« Mes rides qui, des ans, accusent la vitesse,
« Près de ton beau visage!... Ah! voilà mes aveux!
« A moi qui n'aurais dû faire de violence
« A ton cœur, en brisant ta plus chère espérance!...
« Je donnerais mon sang pour empêcher ta mort!...
« Maziza, venez donc... et secourez ma femme;
« Bien vite, un médecin, qu'un exprès aille au port (1)...
« Prévenez la famille et conjurons ce drame!
« Toute ma vie est là!
— Quoi! tu pourrais m'aimer
« Coupable? murmurait une voix presque éteinte,
« Tu me pardonnerais?... — Oui, t'aimer, t'admirer!...
— « Je veux vivre, dit-elle. » Et sa main, d'une étreinte,
Sanctionnait ce vœu!... Hélas! c'était trop tard!...
Le poison avait fait de rapides ravages;

(1) Au port. La ville du Port-Louis, ville capitale de l'île Maurice.

Le râle commençait, tandis que le regard
Vitreux se ternissait sous les sombres nuages
De la mort, et bientôt, la cloche du matin,
Quotidienne et vibrante, appela tout le monde
Au travail, et parfois, comme un écho lointain,
Le chant aigu du coq, devant l'aurore blonde,
Saluait la nature; ainsi, de tous côtés,
On respirait la vie, et les cœurs exaltés
Buvaient à cette sève, et riche, et parfumée,
L'existence à pleins bords, à la source d'espoir;
Et l'on voyait s'ouvrir la corolle embaumée
Du magniola blanc, de la fleur du bois noir;
Tout cela rutilait d'ardeur et d'espérance,
Tandis que dans la case un ange s'envolait,
Quittant des êtres chers, regrettant l'existence
Et bénissant l'époux qui, fou, se désolait!...
On chercha Maziza; dans ce moment suprême
Son absence semblait un outrageant délit,
Mais ce fut vainement; se jugeant elle-même
Indigne de survivre à sa victime, fit,
Non sans se repentir et crier: « Anathème, »
Justice de sa faute, en se jetant à l'eau
Près des grands aloès; le limon du ruisseau
Avait couvert sa tête et marqué son visage
De livides sillons: c'était horrible à voir;
La terreur se lisait sur ses traits, vive image
Du remords combattu par la foi du devoir!...
Car, elle, Maziza l'avait idolâtrée,
Cette enfant que son cœur servait aveuglément;
Ne pouvant rien comprendre à la rigueur outrée
De ces rigides lois, funeste atermoiement
Que n'acceptent jamais les natures ardentes,
Elle croyait bien faire et combler tous les vœux
Des amants. En voyant les façons imprudentes
De Maurice, elle eut peur un instant; car ces vœux

Tissés de voluptés, consacrés par l'ivresse,
Quoique enlacés de fleurs, se briseraient un jour...
Elle le savait bien, la volage négresse,
Plus qu'une autre elle avait appronfondi l'amour.
Et c'est bien en cela que primait sa faiblesse,
Maziza le comprit !... Ainsi, voilà pourquoi,
Dans deux ordres distincts, l'un devant, l'autre arrière,
Deux cercueils, même jour, entraient au cimetière,
Subissant le décret de l'immuable loi.

IX

Et que devint Maurice, après ce vilain rêve ?
Maurice, hélas ! doit-on relater cette erreur ?
Pour refroidir son cœur, il mit son cœur en grève,
Sous le prétexte vain de noyer sa douleur,
Pour les Indes partit, là, fit sa pacotille,
S'établit à Madras, fut Maurice et consorts,
Fuma le narghilé, le londrès, le manille !
N'ambitionnant plus que dollars et trésors,
Bâtit son avenir sur un lit de roupies,
Le reste lui sembla triste, pâle et petit,
Ses rêves de jeunesse un tissu d'utopies,
Dont le souvenir seul enlève l'appétit...
Plus ne fut le créole élégant, souple, svelte,
Mais un homme carré, commerçant et radjah ;
Un marchand consommé qui ne perd point la tête ;
Aussi, prit-il la dot qu'il convoitait déjà !...
Il fut époux et père, et c'est tout, et voilà
Comment se termina ce merveilleux programme ;
Jadis, qui l'eût pensé, que Maurice?... Jamais...
Oui, l'on cherche en ses yeux, doutant qu'il ait une âme !

La réforme est complète, et son cœur, son cœur... mais
Maurice l'a perdu; c'est l'argent qui remplace
Le cœur. Quant au roman... absent, c'est bien fini...
Et lui, le vrai coupable, est le seul impuni !.....

—

Si jamais le hasard vous conduit sur la plage
Où dorment les amants que Bernardin chanta,
Si vous vous arrêtez sur ce charmant rivage,
Que plus d'un voyageur, avec raison, vanta,
En sortant du Port-Louis, allez aux Pamplemousses,
Entrez au cimetière; auprès des sangs-dragons,
Vous verrez un tombeau recouvert par des brousses,
Où poussent les jasmins et les rhododendrons.
C'est là qu'est Virginie !... Autrefois, la tendresse
D'un époux désolé faisait planter autour
Des corbeilles de fleurs; mais depuis, ô tristesse!
Que cet époux n'est plus, on a vu, tour à tour,
Les fleurs se dessécher et mourir, puis la feuille
Recouvrir ce tombeau eomme un sombre linceul
Qui semble protéger l'asile du cercueil.
L'étranger qui connaît cet épisode cueille,
Pour mettre sur le marbre, une fleur de jasmin:
Celle que préférait Virginie... Et son âme
A dû, plus d'une fois, tressaillir, quand la main
Pieuse déposait cette touchante offrande.
Bien des ans ont passé sur ce drame, et pourtant,
En voyant ce tombeau, l'émotion est grande;
Quiconque entend narrer ce roman palpitant,
Quiconque sait aimer, doit croire à ma parole,
Et pleurer avec moi la *Lucrèce créole*

FIN

(1292) Typ. Alcan-Lévy, rue Lafayette, 61, Paris.

Paris, typ. Alcan-Lévy, rue Lafayette, 61.

www.ingramcontent.com/pod-product-compliance
Ingram Content Group UK Ltd.
Pitfield, Milton Keynes, MK11 3LW, UK
UKHW020947220726
13924UKWH00002B/541

9 782019 646622